한국 희곡 명작선 177

밤사냥

한국 희곡 명작선 177

밤사냥

정영욱

평민사

성영욱

밤사냥

불행을 훔친 자의 시간을 쫓고 끝끝내 추궁하는 것
그것이 사냥의 끝이다.

등장인물

사람
성
김
아내
남자
형
동생
독수리사냥꾼

때

폭우가 쏟아지고 주위에 검은 물이 가득 차오른 밤

곳

낡은 빌라 2층

처음에

두 공간이다.

성은 거실 한 가운데 서서 연설연습을 준비하고
김은 침대 끝에 걸어앉아서 주억인다.

두 사람은 서로 알 수 없는 낯으로 마주 본다.
보지 못할 뿐, 이어져서 그들은 서로 만나게 될 것이다.

속옷차림인 성은 자신이 준비한 소감문을 펴서 읽으려다가 접
어서 다시 넣는다.

멀리서 검은 점처럼 소리 없이 성 앞으로 다가가고 있다.
독수리를 어깨에 맨 독수리 사냥꾼.

성   얼마 전에 검은 점이 제 앞으로 다가오는 현상을 겪
     었습니다. 이만큼 다가왔다가 사라지고 끝없이 반복
     되었는데… 환시였을까요? 늙으니까 낯선 것들이 저
     를 기다리고 있었군요. 아까 써온 소감문도 활자들
     이 수많은 점들로 변해서… 지금 어질합니다.
     40년 동안 글을 쓰고 산 인생, 쉽지 않았습니다. 남

은 게 낡은 책밖에 없어요. '야생의 밤', 아니 '야만의 밤'이죠. 죽임을 당한 자들이 마지막으로 맞닥뜨린 비극적인 시간인 밤을 배경으로 쓴 연작소설집입니다. 20세기에 발표한 작품으로 21세기에 이렇게 귀한 상을 받다니… 오늘은 여러모로 즐기겠습니다.

멀리서
김, 속옷 차림으로 달려나온다.
각자의 공간, 그들이 섞일 리 없고
말은 서로에게 비수로 꽂혀도 좋다.

김   허튼소리, 저 자의 입에서는 헛소리가 새어나온다. 거짓이다.

성   묘한 밤이야. 그가 드디어 죽었다. 썸, 죽은 자가 찾아온다면. 어쩔 도리 없는 밤인가 보지. 폭우가 쏟아지고 세상은 잠겼다. 거짓말처럼 세상 불이 모조리 꺼졌구나. 내일도 해가 뜰 거고, 이 밤만 견디고 지나면 그뿐이야. 그저 죽은 자일 뿐이니까. 안 그러냐 썸. 죽은 자, 저승 가는 길 앞에 내가 뭔들 못하겠냐. 인연이야 끝나고 나면 그뿐이지. 그는 눈이 없고 입이 없어질 건데. 상을 받기 전날인 동시에 한때 잘 알던 이의 장례식 전날. 썸, 한때 친하게 지냈던 김기자다. 자네, 잠시 들렀는가? 이승의 밤은 이리도 곱

구나. 어둠이라, 김을 확인하지 못하는 성

김   뱀 같은 대가리. 상대의 무기력을 파먹고 사는 그놈
     의 아가리를 열고, 나는 다시 당신이 삼켜버린 누군
     가의 미래를 꺼낼 생각이다. 독수리는 하늘의 눈을
     품고 있다고 하지. 가장 높이 올라가는 짐승. 당신 곁
     으로 살금살금 다가가서 미친 영혼까지 모조리 사냥
     해야지. 내가 오늘 여기 온 이유. 들이닥칠 것. 예고
     없이 그를 포위한다. 여기는 사냥이 벌어지는 밤, 그
     리고 당신들은 익명의 구경꾼입니다. 기억하시고 즐
     기시길 바랍니다. 모든 것에 끝이 있다. 보자, 끝이
     어찌되나. 당신이 당긴 방아쇠고 시작이다.

     독수리 사냥꾼의 총부리를 뺏은
     김은 성의 머리를 향해 총을

     쏜다.

     '탕'

     어둠이다.

1. 이미 검은 물은 차오르고

어둠 속에서
쿵, 성이 바닥에 떨어지는 소리.

센서등이 5초간 켜진다.

독수리사냥꾼의 어깨에 있던 독수리가
거실을 조망할 위치에 놓여 있다.
박제된 독수리 옆에 사냥꾼의 장총이 세워져 있다.

팬티 한 장만 걸쳐 입은 작가 성이 엉거주춤 등장한다.
김이 의자에 앉아 있지만 쉽게 눈에 띄지 않는다.
성은 집안에 혼자 있다는 생각 속에서 헤맨다.
혼자 말하고 답하다가 멈추고 웃는다.

성   엉치 뼈가 녹아내린 건 아니겠지? 거기 있니? 멀리
     간 건 아니지? 어디까지 차올랐나? 달빛이라도 보여
     야 알 수 있는데 말이야. 무섭지도 않냐? 허구한 날
     거기 올라앉아서… 오늘은 조심해라 썸…
     어둡고 물이 많이도 차올랐다. 항상 앉던 자리에 앉
     아 있지? 난간이 미끄럽지는 않고? 물인지 바닥인지

찰랑거리는 소리로는 가늠이 안 돼요. 천지가 검어,
검다고. 이상한 꿈이었다. 죽은 자가 찾아오는.

멀리 사이렌 소리
센서 등이 5초간 켜진다.
돌아보는 작가 성, 잠시 얼었다 녹는다.

어둠 속에서
화장지를 여러 장 뽑아 겹겹을 분리해서 탁자 위에 쌓는다.

성   멀리 가진 마라. 찾기 힘드니까… 해가 뜰 때까지 기
다려보자. 썸… 어딘가 있지? 내 목소리가 있는 데
까지만 가라. 우리 둘밖에 없으니까. 썸, 함께 무언가
를 함께 하지 못하는 사람은… 따로… 홀로 흘러가
는 시간과 같다. 너라도 썸, 내 얘기 좀 들어봐라. 좀
전이야.
몸이 무거워서 눈을 떴는데… 침대에서 내 몸이 30
센티 이상 떠올랐어. 근데 그게, 떠오르는 순간이 지
독하게 춥고 으스스했다. 뼈와 살이 분리되는 고통
이 정말 극에 달할 딱 그때, 퉁, 멀리 저 위, 천정으로
튕겨져 올라간다.
(말에 신이 붙는다) 사는 동안 처음 겪는 '홀로 있음'이랄
까. 세상과 분리되는, 쓸쓸하고 고요한 상태? 붕 떠

11

서 서랍장 위가 보이고 먼지가 수북하네. 저기 수첩. 저 수첩이 내 거였나? 그때, 창문 밖으로, 순간적으로 빨려 나가버렸어. 놀라서 방범창 끄트머리를 두 손으로 움켜쥐었지. 물기가 양손에 잔뜩 묻어서 두 다리는 하늘로 날아가고 간신히 버텼다.

썸… 창문 안에 생경한 모습으로 누운 사람이 있었다. 침대 위에 죽은 듯이 놓여있었지 누구였냐고? 바로 나였다. 날아가면 안 돼 이 새끼야 다시 방안으로 들어가 빨리. 진짜 끝이야 이 낫낫한 새끼야 정신 차려. 소리 없이 외쳤다. 정신을 붙들어 맸지. 지금도 어깻죽지가 얼얼하다. 어떻게든 빨려나가지 않으려고 안간힘이란 걸 쓴 게지. 꿈이었을까? 꿈이라면 내 손이 빗물이 아니라 땀에 포옥 젖었겠지.

썸… 아직까지 너도 안 보이고… 여전히 꿈속일까?

썸… 이제 누구도 가까이 다가오지 않을 나이가 되었다. 늙어서 앞이 감감하든 불빛도 달빛도 없이 여기 텅빈 집에 홀로 있어서 감감하든, 아무튼 나는 말이야. 쓸쓸하고 고요한 상태로… 방해받고 싶지 않아. 홀홀하게 지내고 싶으니까.

썸… 절대적인 고요, 내 말을 나만 들으니까, 내가 맨 먼저 들으니까… 저기 자동차가 물에 떠서 부레옥잠 같이 흔들린다. 썸. 이런 날은 인물들이 걸어 들어오는 시간이야. 난 그들의 이야기를 낚아채기만 하면 된다.

센서 등이 5초간 켜진다.

성   썸. 찾아야 될 게 있다.

거실, 책장 맨 위를 뒤진다.
'그것'이 없다.

성   태워버렸었나? 그게 뭐였지? 뭔가 태워 없애버려야
된다는 생각이 든다. 썸. 아, 서랍장 맨 위, 먼지가 수
북한, 거기 수첩.

센서 등이 5초간 켜진다.

돌아보는 작가 성, 잠시 얼었다 녹는다.
그제서야 남자, 김을 발견한다.

성   누구요?
김   누굴까요?
성   누구?
김   접니다. 김.
성   아, 김기자? 아, 어떻게 왔어요? 소리도 없이.

김	문득, 폭우내리는 밤에, 고립되신 건 아닌가.
성	홀홀하고, 쓸쓸하고, 고요하네.
김	연락은 받으셨지요?
성	근데 왜 나인가?
김	너무 늦었습니다.
성	나를 선택한 이유가 뭔가? 설명 좀 해주지?
김	오늘 밤, 제가 여기 있어야 하는 이유이기도 하고. 혹시, 제가 무섭습니까?
성	무섭기는, 안타깝지. 안쓰럽고. 저기 독수리는 자네가 가지고 왔나?
김	나쁜 독수리와 착한 독수리의 차이를 아십니까?
성	뭘까.

그들 사이에 휘감기는 고요.

김	독수리는 가장 높이 떠올라서 먹이를 조망해서 덮치죠.
	착한 독수리는 생명기한이 얼마 남지 않은 약체를 발견하고
	나쁜 독수리는 무리에서 한창인 짐승을 보란 듯이 낚아챕니다.
	무리 중에 강자의 목을 노리는 동시에 그 주변을 압도하는 거죠.

성 지혜롭네. 한 번에 두 가지씩이나.

김 독수리라면 둘 중 뭘 선택하시겠습니까?

성 선하고 나쁘다? 그 자체 판단이 잘못된 거다 싶어. 당연히 지혜로운 독수리가 되고 싶겠지. 자넨 아닌 가? 누구나 강하고 튼실한 먹이를 물고 싶지 않겠 어? 못하느냐, 하느냐는 개인의 능력이지. 아닌가?

김 (독수리를 가리키며) 저 독수리는 나쁜 놈이었을까요? 선한 놈이었을까요?

성 박제된 눈이라 알 수가 없지. 자네는?

김 저 독수리의 과거는 모르지만 미래는 좀 압니다.

그들 사이에 휘감기는 고요.

성 그 세계는 눈을 감는 동시에 지혜의 눈이 뜨이는 거 구만. 자네는 어떤 독수리를 선택할 건가?

김 하늘이 있고 땅이 있고 그 사이로 검은 물이 흘러내 리고 세상이 잠겨 모두 비칠 것이니. 그대 낯을 갖다 대면 모든 것이 드러나리라. 독수리는 죽어서도 영 안, 영원한 눈을 가진다는 말이 있어요. 굶주렸다면 전 착한 독수리에게 먹이를 줄 겁니다.

그들 사이에 휘감기는 고요.

김   어둠 속에서, 뭘 그리 쌓고 계셨습니까?

성   (티슈를 한 겹씩 분리해서 쌓는다) 아, 무언가에 몰두할 일
      이 필요해서….

김   (혼잣말처럼) 척척하고, 어둡고, 몰두할 일이 필요한 당
      신, 내가 아주 적당한 때 왔구나.

      김은 들고 있던 수첩을 탁자 위에 놓는다.

      그들 사이에 휘감기는 고요.

성   그런데, 어떻게 들어왔어요?

김   생각이 나서, 상상은 무엇이든 뛰어넘을 수 있습니
      다. 이토록 쉽게.

성   자네는 정말 어쩌다가?

김   안타깝지요. 세상의 모든 죽음은 높낮이가 없습니다.

성   개인적으로 막을 내리는 비극이지. 공평하게.

김   지금쯤 우리가 마지막으로 마주봐야 하지 않을까? 함
      께 몰두해서 해결할 일도 있고, 그래서 들렀습니다.

성   맞아, 자네는 항상 날 설레게 했지.

김   오늘 밤도 설레시길 바랍니다.

성   그래, 그다지 고요하지 않을 밤.

김   재미의 획을 그을 수도 있을 겁니다.

성   암흑천지에 오랜만에 등장한 말동무라… 좋지, 좋아.

홀홀하니 혼잣말만 늘어. 놀라지 말게. 아무 데나 대고 말해.

김　해가 뜰 때까지 함께 하겠습니다. 마실 게 좀 있습니까?

성　10년 이상 묵힌 꼬냑 한 병이 있을 거네. 유럽 상선 모양을 빚은 유리병에 담겨 있지. 오늘은, 아낄 게 뭐 있겠나?

성, 암흑 속에서 엉거주춤 걷는다.

김　당신은 나에 대해, 이 밤에 대해 묻지 않는다.
묻지 않을 것이다. 칠흑이다.
물으면 물어 볼수록 묻어두길 바라는 죄가
한 겹씩 남김없이 드러나 쌓일 것이므로.
이 깊고 검은 밤에 잠시 다가온 유령 정도로 생각하고 싶겠지.
당신은 틀렸다. 나는 유령 따위가 아니다. 죽은 자 또한 아니지.
당신이 날 유령으로 인지할수록 당신은 덫에 빠질 것이다.
이는 당신이 나를 제대로 알아보지 못한 대가다.
결과적으로 인지부조화. 결과적으로 당신을 탓하길 빈다.

그 꼬냑은 누구의 것이었을까요?

성, 꼬냑과 잔을 들고 엉거주춤 걸어 나온다

성　근데, 빡빡해서 열리지가 않아.

김이 꼬냑을 받아들고 가만히 위, 아래, 좌우를 돌려본다.

성　이거 이거, 자네가 열고 말겠네.
김　귀한 거 같은데요.
성　누가 췄겠지. 오래전에.

김, 마개를 열려다가 다시 내려놓는다.

김　누가 이렇게 귀한 걸 췄을까요?
성　어떤 바보가 뭔가를 바라고 여기 들렀다 놓고 갔겠
　　지. 아니면 이걸 놓고 가려고 들렀을 수도 있고.
김　라쎈 꼬냑 바이킹 시리즈네요.
성　해적들이 타는? 오늘처럼 검은 밤에 어울리는 술이네.
김　밤바다란 검어서 음흉하고 변화무쌍하니까요.
성　물귀신처럼 바다 깊숙이 낚아채어 사라져도 찾을 길
　　이 없겠지.

그들 사이에 휘감기는 고요.

김   (혼잣말처럼) 오늘, 잔이 여러 개 필요할 겁니다.

검은 물길을 가르면서 무언가 다가오고 있다.
김, 베란다 쪽으로 다가가서 밖을 본다.

성   물이 찼는가? 퍼내야할 만큼? 앞이 잘 안 보여서 말이야.

김   저 말고, 누가 오기로 한 겁니까?

성   난 늘 여기 이렇게 있네. 찾아오는 이 하나 없이.

김   그럼, 저들을 누가 불렀을까요?

성   저들이라니.

김   오고 있어요. 검은 배가 검은 물길을 가르면서.

성   설마, 해적은 아니겠고, 이 허전함을 달래러 온 건가? 그냥 구원자라 생각하고 넘어가지. (혼잣말처럼) 자네를 위한 밤이니까. 오롯이. 그냥 묘한 밤이다, 그렇게 넘길 수밖에 더 있겠나.

김이 베란다 창을 닦아 내다본다.

성   이 지겹고 홀홀하게 늙어빠진 나를 위해, 올 리는 없지. 일단, 누군지 확인해보게. 어두워서, 보이나?

성은 소파에 엎드린 채로 혼자 말한다.

성   알고 있네. 자네가 마지막 인사차 들렀다는 사실.
      참담한, 마지막 밤인 것을 나는 다 알고 있어.
      그러니 어쩌겠나. 내 꿈속에 이렇게라도 스며든 것을.
      이게 살고 죽는 순간이지. 잘 놀다 가게.
      오늘은 산 자와 죽은 자가 멋지게 서로를 속여야 하
      는 날이구만.
      우리가 만난 이 밤은 아무도 모르는 밤이니까.
      깨고 나면 좀 아프고 며칠 찜찜하겠지만 말이야.
      그런데… 왜 나를 찾았나? 왜 자네의 귀한 밤을 나와
      보내는가?
      맞아, 나를 찾았다니 영광인 밤이겠지.

      김이 베란다 문을 활짝 연다.

김   '살아있는 자는 축축한 밤의 감촉을 느낀다.
      피로 물든 밤에는 피의 흔적이 남고
      이를 밤이 덮어주기도 한다'

      베란다에 달빛이 비치고
      검은 고무배에서 내린 여자, 누군가의 아내
      김이 그이의 손을 잡아주면

맨 먼저 베란다 턱을 넘어 들어온다.

성, 뒤돌아보면 한 사람씩 베란다를 넘어오고 있다.
검은 고무배에서 내린 사람들이 여기저기 자리잡는다.
그들은 아내, 남자, 형이다.

그들은 누구인가.

어디서 오는가.

2. 너는 누구인가

여전히, 성의 거실이다.
독수리의 두 눈에 빛이 들어온다.

아내는 21세기와 어울리지 않는 옷차림을 하고 있다.
익숙한 곳에 앉은 듯이 앉아, 그이는 성을 바라본다.

아내 그날 밤, 우리는 마당에 신문을 펴서 마늘을 널어놓
고 있었어요. 작게 여문 것들이었는데, 말리고 빻아
서 양념으로 쓸 생각이었거든요. 그 사람은 달이 높
이 떴으니까 산책을 나가자고 재촉했어요.

철문을 열고 나갔을 때였죠. 군복을 대충 걸쳐 입고 술에 취한 군인들이 들이 닥치는 거예요. 그들은 대놓고 제 어깨를 치면서 물을 내놓으라더군요. 어둡고, 무섭기도 하고, 시절이 흉흉할 때라 전 빨리 움직였어요. 그 사람이 한 군인의 발에 걸려 넘어지면서 다른 군인의 손목을 잡았었던 것 같아요. 그때였어요. 군인이 총구를 그 사람의 왼쪽 머리에.

'빵' 총소리가 나는 찰나에 김, 손뼉을 친다.
성은 이 상황을 이해할 수 없지만
김이 틈입한 꿈, 현실이 아니라는 사실에 몰두한다.

아내   군인들이 빠져나가고, 그 사람 눈코입이 뭉개져 있었어요. 그 사람 피로 마당은 한 가득이고, 밤하늘에 별빛은 그대로 빛나고, 저만 그대로 거기 남은 겁니다. 이 코끝으로 피냄새만 진창인 밤.

김   그들은 누구였나요?

아내   익명의 인간들. 내 삶을 부수고 조롱하고 평범한 산책을 막은 자들. 하늘에 떠 있는 별의 순환을 지운 자들. 전 그들을 찾아 다녔어요.

성   어떻게, 찾았습니까?

아내, 성을 가만히 본다.

그들 사이에 휘감기는 고요.

아내   찾았을까요?
성   군복을 입었으면 군인이 아니었을까요?

그들 사이에 휘감기는 고요.

아내   총을 쏘고 삶을 쓰러트린 그 순간, 자기 죄로부터 영
        원히 묶이는 거예요.
성   남편의 죽음에 대한 조사조차 없었다는 겁니까? 몸
        에 박힌 총알이 있는 데도요?
아내   시절이 시절이었으니까요.
김   길을 가다 흘러나오는 애국가 한마디에 인간의 시간
        이 멈추는 그런 시절이었으니까요.
아내   한 사람이 살고 죽는 건 전혀 의미 없는, 지독한 시
        대였죠.
성   그래서 그 이후에 어떻게 사셨습니까?

그들 사이에 휘감기는 고요.

아내   근처 군부대 앞에 작은 분식점을 열었죠.
성   (호기심 있는 몸짓으로) 어떻게 그런 생각을….
아내   알고 싶었어요. 누군가의 삶을 부순 인간들의 현재,

그리고 미래를.

김 누군지 모르는데 어떻게?

아내 어리석은 생각일수도 있겠지만, 절 기억하는 그날의
밤하늘이, 별들이, 바람이. (숨을 몰아쉰다) 그들 모두가
술에 취한 건 아니었을 거니까요.

김 항상 같은 장소에서 흘러간 시간은 어떻게든 저장되
죠.

성 그래서 만났습니까?

그들 사이에 휘감기는 고요.

아내 하루는, 젊은 남자가 라면그릇을 앞에 놓고 얼어붙
어서 젓가락도 들지 못할 만큼 꼼짝 못하는 눈치였
어요. 제가 바로 눈앞에, 그들의 일상 속으로 들어올
줄 상상도 못했겠죠.

성 그래서 어떻게 되었습니까?

아내 (성에게 되묻는다) 어떻게 되었을까요?

그들 사이에 휘감기는 고요.

김 (혼잣말처럼) 어떻게 되었을까요?

아내 그 군인 앞에 마주 앉았어요. 그리고 꽤 오래 젊은이
의 눈을 바라보았죠.

앞에 놓인 라면은 퉁퉁 불어터지고, 김치 위로 파리는 않고. 그가 결국 어린아이처럼 엉엉 울더군요. '똑똑히 봐' 우는 그를 앞에 두고 저는 아무 말 없이 라면에 김치를 얹어 맛있게 씹어 삼켰어요. 절대 숨길 수 없는 진실 앞에 놓인 음식이다. '똑똑히 봐' 난 살아있다.

김 살아 있으면 또 아무렇지 않은 것처럼 세상이 흘러가지만.

아내 네. 누군가의 장난이, 죽음이, 없었던 일로 소화되는 음식은 아니니까요.

성 어려운 시절을 잘 이겨내셨군요.

아내 어려운 시절?

성 그게 아니라.

그들 사이에 휘감기는 고요.

아내 이겨냈다니요? 그냥 끌어안고 죽는 날까지 흘러가는 거예요. 지울 수도 도려낼 수도 없어요, 이제. 당신이 그걸 알아요? 알까요?

성 마음의 평화를 위해서 용서하는 게 낫지 않을까요?

아내 나의 어려운 시절과 마음의 평화를 위해 용서하라?

성 그런 말을 하려고 한 게 아니라.

아내 피해자는 사건 이후로 이 세상과 매일매일 이별하고 살아요. 가해자는 감히 피해자의 죽어가고 부서지는 삶의 조각들을 알 수가 없죠. 왜 그런지 알아요?

성 극악무도한 자들을 이기는 길은 명상입니다. 분노할 수록 상하는 건 시간이고 몸이고 자기미래거든.

그들 사이에 휘감기는 고요.

아내 (탁자를 '탁탁탁' 친다) 다른 종이 되는 거예요. 인간과 다른 종자. 하루는 무기력이, 하루는 분노감이, 하루는 살해의욕이 무럭무럭 자라요. 왜요. 왜죠? 누구의 일상을 위해서요? 짐승만한 놈들을 위해서요?

김 괜찮습니까?

성 제 생각에는, 좀 휴식하시는 게.

아내 (탁자를 '탁탁탁' 친다) 어떤 것도 되돌리지 못해요. 잠시 눈을 감았다고 해서 이 세상이 사라지는 게 아니니까요. 눈을 뜨면 '살아서 죽는다', 그 말이 절로 나와도 세상은 여전해요.

성 남은 자들이 가장 힘겨울 겁니다.

아내 (탁자를 '탁탁탁' 친다) 잔혹한 낮과 밤을 당신 같은 사람이 알까요? 정말 안다고요?

성, 아내를 유심히 바라본다.

그들 사이에 휘감기는 고요.

성   저희가 어떻게, 도울 일이?

아내   소용없는 일이에요. 의미가 있을까요?

성   세상에 알릴 수 있는 방법은 얼마든지 있어요.

아내   이제 와서요? 누구를 위해서죠? 저를 위해서요? 죽
      은 그이를 위해서요?

김   누구를 위해서 무엇을 어디까지 세상에 알려야할
      까요?

그들 사이에 휘감기는 고요.

아내   그 일이 있은 후로, 울던 젊은이의 이름을 알게 된
      이후로, 더 선명해졌어요.

김   실체를 알고 나서 어떠셨습니까?

아내   이유를 꼭 알아야겠다고 생각했죠. 왜? 왜? 지독하게
      들러붙은 거머리처럼 제 피와 영혼을 모두 빨아먹는
      거예요.

김   그를 만난 이후로 더 혼란스러워졌군요.

아내   총을 쏜 사람이 아니었어요. 가해자를 밝히지 않고
      다 덮은 일이라, 정확히 알 수는 없지만, 여기 남은
      사람이 있으니까.

김   책임질 사람 없이, 죽은 사람만 있는 거군요.

아내   그게 그렇게 서러울 수가 없어요.

그들 사이에 휘감기는 고요.

성   저를 찾아온 이유가 있을 겁니다. 듣고 있기에 안타
까워서 무엇이든 도와야하는 게 들은 자의 도리 혹
은 몫이 아닐까요?

아내   (탁자를 크게 세 번 친다) 왜요? 무슨 도리? 누구의 몫이
죠? 당신의 도리를 위해서 제가 불행을 겪은 거란 말
씀인가요?

그들 사이에 휘감기는 고요.

아내   (성에게 묻는다) 저를 아세요? 그 사람을 아세요? 우리,
어디서 만난 적 있어요?

김이 손을 들어 손뼉을 마주치면
아내는 일어나서 거실 뒤쪽으로 가서 선다.

성, 혼란스러우나 스스로 견뎌할 밤이다.

중년으로 보이는 남자가 거실 중앙으로 걸어 나온다.
남자가 긴 의자 한쪽에 앉는다.

독수리의 두 눈에 빛이 반짝인다.

남자   (여성스러운 몸짓과 말투다) 불을 지를 줄은 몰랐는데. 누
가 질렀는지 전 알고 있거든요. 공장이 즐비한 신도
시 뒤쪽 후미진 곳에 컨테이너를 개조해서 친구와
살았는데. 살았어요. '우리는 함께 거기서 살았다'.
그뿐이었는데. '호모새끼들 나가죽어라' 컨테이너 입
구 나무에 플랜카드가 붙기 전까진. '우린 그냥 행복
한 하루하루를 살았다'. 그뿐이었는데.

김   어떤 일이 일어났는지 좀 더 들어도 되겠습니까?

남자   시골 밤은 칠흑 그 자체였는데. 같이 살던 친구가 전
화를 했고. 친구를 마중나간 길에, 검은 개를 끌고 산
책을 나온 뒷동네 남자와 마주쳤어요. 검은 개가 문
제였을까요? 어둠속에서 검은 개가 달려들었을 때,
'어머머머 얘가 왜 이래!' 남자는 개의 목줄을 꽉 쥐
며 끌어당겼어요. '재수 없게, 이 새끼 여자야 뭐야'
날카롭게 날아와 꽂혔는데. 검은 개의 공격으로부터
도망치기 위해 달리다가 뭔가에 부딪혔고. 붕 허공
으로 떠올랐다가 바닥에 처박혔어요.

김   난데없이 날아든 모욕. 그게 가끔은 파고들 때가 있
지요.

남자   그랬습니다. 난데없는 일. 그 칼날 끝에 독이 버무려
있어서, 지독하게.

성   문제 많은 꿈 아니었을까요? 여기 오늘 저처럼.

그들 사이에 휘감기는 고요.

남자   정신을 차렸을 때…. (눈을 감고 있다)

성   꿈이었겠죠?

남자   (고개를 흔든다) 얼마나 좋았을까요? 맨몸이 더 잘 드러
나도록, 가로등 아래 묶여 있었어요. 멧돼지보다 더
비참한 몰골로, 제가 잘못한 일이 없었는데도, 왜 재
수 없고, 혐오스러운 걸까요?

성   지지리도 못난 새끼들.

김   누가 풀어줬나요?

남자   정류장에서 절 기다리다가 깜빡 잠들었다고 해요.
해가 뜰락말락하는데, 친구가 집에 오는 길에 절 발
견했다 그랬는데, 전 끝없이 잠을 자는 사람처럼 눈
을 뜨지 못했어요.

성   별 일이 다 있는 게 세상이군요.

그들 사이에 휘감기는 고요.

남자   친구가 아무리 따뜻하게 속삭여도 전 죽은 듯이 숨
만 쉬고 있었어요.

김   검은 개와 남자. 그가 벌인 일이었을까요?

남자 감, 촉. 무섭습니다. 그 밤, 마주친 건 그 남자밖에 없었고.

김 그나마 친구가 발견해서 다행이었겠어요.

남자 그게 문제였어요. 그의 위로가 폭력적으로 변하기 시작했고. 그러다 그 일이 일어난 거죠.

성 (혼잣말처럼) 이거 대개 흥미롭네. 이 밤은 선물이다. 하늘에서 이야깃거리가 쏟아진다. 은혜로운 밤이다, 썸.

그들 사이에 휘감기는 고요.

성 그래서 무슨 일이 벌어진 겁니까?

남자 컨테이너에 불을 질렀어요. 검은 개와 그 남자를 유인해서 문을 바깥에서 잠갔고. 어설프고 어리석은 결말을 선택한 거죠.

성 당신도 거기 친구와 함께?

남자 아니, 전 병원에 있었어요. 계속 잠을 잔 건지, 자는 척한 건지.

성 현명하셨네. 공격적인 본능을 다스리는 게 잠이 아니었을까요?

김 내면에 공격적인 충동은 죽지 않는다.

남자 충동을 옮긴 게 나였을까? 끊임없이 물어보게 되었어요. 분노가 가까이로 옮겨간다는 사실을 그때 알

왔고, 이미 늦었죠.

그들 사이에 휘감기는 고요.

김	예상대로라면, 불을 지른 게.
남자	예상대로. 친구였어요.
성	(소리 없이 손뼉을 마주친다) 사랑하는 자를 위해, 고통을 대신해서?
남자	제가 원한 건 그게 아닌데, 일상에 숨어서 그냥 흘러가고 싶었는데.
김	친구는 어떻게?
남자	허공에 보란 듯이 걸렸죠. 그 가로등 아래. 제가 발가벗겨져서 묶였던 그곳에.
	영영 눈을 감지 못했다고 들었습니다.
김	분노의 결과를 스스로 감당 못한 거겠죠?
성	그랬겠지. 순간적으로 저지른 실수가 아니니 되돌릴 수가 없었을 거고.
남자	절 진짜 죽인 게 그의 죽음이었어요. 조금씩 벗어나고 있었는데. 그 친구가 병문안 오면 '다 괜찮아질 거야' 말하려고 기다렸는데.
김	그래서⋯.
남자	그래서⋯ 가로등 아래, 그 자리에서 끝을⋯ 따라서 허공에 매달렸죠.

성 무슨 말입니까?

그들 사이에 휘감기는 고요.

남자 눈을 감은 척 한 게 아니라, 진짜 제 눈을 감았다고요. 세상을 스스로 닫았고 마무리 지었습니다.

성 무언가 시작되면 끝은 슬금슬금 따라오는 거니까.

남자 '살아있는 자는 축축한 밤의 감촉을 느낀다. 피로 물든 밤에는 피의 흔적이 남고 이를 밤이 덮어주기도 한다'

그들 사이에 휘감기는 고요.

성 (혼잣말처럼) 반복되는 이 상황은 뭐지? 내가 쓴 문장이 왜 이렇게 낯설게 들리지? 내가 쓴 게 맞는데 오늘 묘한 거리감이 드는 건가?

김 투명한 쳇바퀴를 돌고 있는 짐승들. 타인의 눈에만 보이는.

남자 그 밤의 고요, 적막 속에 발가벗겨진 채로. 작가님. 왜 저였을까요?

성 내가 왜요? 내가 고민해야 할 이유라도 있어요?

그들 사이에 휘감기는 고요.

성   여기는 어떻게 찾아왔어요? 저를 아는 분입니까? 저를 본 적 있어요? 느닷없이 왜 그런 질문을 하지요? 당신이 내걸린 치욕에 대한 답을 왜 저한테 묻는 겁니까? (혼잣말처럼) 낯설고도 낯익은… 이 느낌은 뭐지? 분명히 여기는 내 집이고 내 공간이다. 저들이 왜 여기 머무르는가? 왜? 뭐지?

성, 자신의 뺨을 친다 아프다.

김이 손뼉을 치면 남자는 일어나 장식장 쪽으로 가 선다.
성은 미로 속에 갇힌 짐승처럼 슬슬 겁이 몰려온다.

성   (혼잣말처럼) 썸, 있어? 있긴 있지? 가까이 있지? 뭔가 뒤틀린 밤이다. 내 기대에 금이 가고 있어. 썸. 어딘가, 꼭, 가까이 있어라. 내가 꿈에서 못 깨면 할퀴어서라도 이 밤을 두드려라. 네 몫이고, 의무다, 썸. 알지? 이 밤의 대가가 무엇이든 오늘은 내 것이 아닌 것 같다.

형이 다가와 성과 마주 앉는다.

형   (성과 김에게 담배를 한 개비 건넨다) 그냥 물고 계셔도 됩니다.

성   (담배를 돌려본다) ….

김   오랜만이에요.

형   (초조해한다) 벚꽃이 한창 필 때 찾아왔는데, 우리 아들
         로봇을 사들고.

김   그랬었나요? 오래전 일이어서.

그들 사이에 휘감기는 고요.

성   둘은 아는 사이?

김   많이는 아니지만. 돌이킬 수 없는 것에 질문과 울분
         이 많던 시기였죠. 뼈와 살, 곳곳에 새겨야하는 일.
         다 타버렸겠지만.

성   둘 사이에 어떤 일이 있는지 모르겠지만, 여기까지
         온 이유가….

그들 사이에 휘감기는 고요.

형   작가님을 한번은 꼭 뵙고 싶었습니다.

성   제 책을 읽은 적이 있으신가?

형   '야만의 밤'.

성   꽤 오래 된 책인데.

김   오늘 밤 드디어 저자를 뵙는 거군요.

성   영광입니다. 독자를 다 만나고.

형   제가 더 영광입니다. 특히 '어떤 밤의 감촉'을 여러 번 읽었지요.

성   시간이 지나면 내가 썼는데도 내용이 다 기억나지는 않아.

형   '살아있는 자는 축축한 밤의 감촉을 느낀다. 피로 물든 밤에는 피의 흔적이 남고 이를 밤이 덮어주기도 한다'

김   문장이 참 아름답습니다. '이를 밤이 덮어주기도 한다' 그죠?

그들 사이에 휘감기는 고요.

김   동생은 아직 그곳에 있나요? 사형을 선고받고 감형이었던가요?

형   너무 많이 희생시켰어요. 아무 상관없는 사람들까지.

김   사형은 이제 더 이상 집행되지 않으니까. 어떠십니까?

형   신고한 게, 하나밖에 없는 형, 저였으니까, 원망이 깊은 거죠. 소소한 원망 때문에 사람을 죽인다고요? 지옥이란 게 있다면 그놈의 눈앞이 그러하길 바랍니다.

성   뭔가, 가족사에 고통이 깊으시구나.

형   전 이 말을 언젠가부터 믿게 되었습니다. '가장 가까이에서 파멸의 씨앗은 자란다' '야만의 밤' 서문에 쓰여 있는 말이죠.

성 그건 제가 한 말이 아니라, 어떤 심리학자가 한 말인데, 누구였더라?

김 누구였을까요?

형 누구의 말이든, '가장 가까이에서 파멸의 씨앗은 자란다' 파멸도, 씨도 우연이 아닌 거겠지요. 다시는 마주치지 않아야 하는 인연이 가장 가까이에 들러붙어서 꼼짝달싹 못하게 고리를 맺는다. 작가님은 어떻게 생각하세요? 가족 있으시죠?

성 있기도 하고 아니기도 하고. 보시다시피, 전 이 집에서 혼자 삽니다. 물론, 법적으로 묶인 관계냐 아니냐 또 달라지겠지만. 아무튼 여러 번 법적 관계로 묶였다가 끊은 관계가 있긴 하죠.

형 칼을 꽂고 꽂히는 관계는 그래도 없었겠죠.

성 다행인가? 워낙 깊이 들어가지 않는 편이라.

형 도저히 이해 못할 관계가 주는 숙제, 죽이고 죽여도 끝나지 않는 관계.

성 이거 이거 좀비영화를 일상적으로 찍으셨나?

그들 사이에 휘감기는 고요.

형 작가님은 공포감을 주는 인간관계를 경험한 적이 없으시다는 거죠?

성 아직까지는.

형   저와 같은 사람을 이해할 수 없으시겠군요.

성   이해라는 게 상상을 통해 공감을 증명하는 거니까.
       이해라는 게 특별할 게 있나요. 상대의 이야기에 귀
       기울이는 것이지.

       그들 사이에 휘감기는 고요.

김   그 밤에 어떤 일이 있었던 겁니까?

형   내 밑으로 태어난, 그 미친 새끼. 한심한 새끼. 처음
       에는 노름, 알코올, 마약, 점점 중독이 승화 발전한
       거죠.

김   주변의 삶이 심각하게 오염되고 있었다?

형   맞아요. 모두 발발 떨게 만들었어요. 거대한 진드기
       한 마리가 독이 잔뜩 묻은 촉수를 꽂고 사람의 피를
       빨아먹으려고 달라붙는다. 일상을 파괴하는 그 불안
       감을 아십니까? 느닷없이 당하는 파괴.

       그들 사이에 휘감기는 고요.

       어둠속에서 폭우가 쏟아 붓는다.
       성이 베란다 가까이 가서 밖을 내다본다.

형   폭탄을 장치했다고 전화를 받았을 때, 마약에 취해

정신 착란에 하는 말. 서운함이 폭발해서 던지는 말인 줄 알았습니다.

성   (혼잣말처럼) 이거, 어디선가, 누군가한테 들은 것 같기도 하고. 왜 그의 말이 낯설지가 않지?

형   펑! 폭발하는 순간, 공포의 끝과 마주하던 순간. 되돌릴 길 없는 그 순간. 펑! 눈앞에서 날아가는 모든 것이, 느리게 산산조각나는 순간. 어디서부터 시작한 분노인가? 분노의 씨앗, 그 주인은 누구인가?

성   (불안하다) 혹시 우리, 만난 적 있습니까?

형, 고개를 아주 천천히 흔든다.

성, 2리터 생수통을 들고 마신다.
바닥에 절반은 쏟고 정신을 차린다.

밖에서 창문을 쿵쿵쿵 두드리는데 느껴지는 광기.

광기가 서린 소리에 모두, 놀라 돌아보면
검은 색 우비를 입고 선, 왜소한 동생.
형이 달려가 베란다 창문을 잡고 버틴다.

그들은 누구인가.

어디서 오는가.

3. 가장 가까이에서 파멸의 씨앗은 자란다

여전히, 성의 거실이다.

동생은 허공에 대고 온 힘으로 말한다.
형과 마주보지 않고 끝없이
자기만의 시공간을 끌고 들어와 있다.
모두, 순식간에 인질들처럼 긴장한다.

성이, 탁자 위 공책에 무언가 기록하기 시작한다.
독수리 두 눈에 반짝 빛이 난다.
동생, 비정상적으로 빠르게 말한다.
말이 꼬리에 꼬리를 물듯이 그렇게.

동생 무엇을 알고 무엇을 모르는가? 인간들은 끝만 본다.
뻗은 시체만 보지. 죽어가는 고통엔 관심 없어. 신음
도 듣지 않아. 가치가 없다고 생각하거든. 그렇게 생
각해. 생각은 개미새끼도 한다. 개미도 뭉쳐서 서로
의 길을 안내하고 먹이의 흔적을 알린다. 먹이가 사
라지면? 길을 지우지. 헛길 가지 말라고. 개미새끼

한 마리보다 못해요, 우리는. 당신은 뭘 알지? 아는 게 있기나 해? 나는 하늘을 본다. 그것만이 진짜거든. 믿을 만하거든. 내가 버러지새끼보다 못하다고? 뭔 상관? 곪아가는 건 보이지 않아. 곪은 것만 보이는 게 문제지.

나한테 당했어? 당하기만 했어? 끝만 대충 보면 그게 맞아. 겉만 대강 보면 그게 맞다고. 그게 전부일까? 내가 여기 이 밤에 쳐들어온 이유가 있겠지. 그럴 거야. 아는 사람 손들어 볼래? 나? 어디서 왔을까? 어떻게 왔을까? 오늘 이 밤, 이 이야기는 어떻게 끝이 날까요? 이제 좀 밀접해졌지요? 이제야 내 등장이 이전에 없었던 이 밤의 가치를 되살리기 시작했다고. 누가 불렀을까? 내가 온 이유는 무엇일까? 나를 옹호하기 위해?

내가 벌인 살인소동, 그 비극적 결과? 내가 책임진다고. 그래서? 누군가를 위해 비극이 벌어지는 게 아니지 않을까요? 과제제출용 채집을 위해 나비가 화려한 날개를 가진 게 아니듯이. 내 비극을 왜곡해서 까발린 새끼 어디 있어. 당신의 것인가. 누군가의 신음소리가 새어나올 땐, 어디로 번질까를 고민해야 된다. 따로 따로 각자 사니까, 나와 상관없어? 그 착각이 비극을 빚는 겁니다. 잘 봐. 잘 들어. 잘, 어? 잘, 어? 잘, 잘, 좀. 주의해라. 잘, 어? 누군가, 무엇을, 시작할 때는 끝을 미리 잘 구상해 봐. 잘나셨잖아들?

모두가, 동생의 말과 손짓 하나에 술렁인다.
불만 당기면 여기는 불바다가 될 것처럼
언뜻, 비로소 공포 위에 떠 있는 것으로 보인다.

동생　내가 그랬지. 하지 말랬어. 분명하게 말했다고. 싫다고 했잖아. 내가 무얼 부여잡든 산다? 죽는다? 상관 없어, 안 그러냐? 내가 바쳐진 제물인가? 제사단 위에 죽인 짐승의 대가리?
누가 감히 나를 비웃는가? 나는 내 앞에 놓인 길을 잘 간 거야. 잘. 아무도 지지하지 않은 내 고통은? 폭우 속에 목숨 걸고 왜 왔을까? 왜 왔을까요? 아는 사람 있어? 당신들은 왜? 폭우 따위를 피하러 오셨나들? 죄의식은 누구의 것일까요? 죄가 폭발하는 밤. 잘못을 부인할수록 눈앞에서 펑 터지고 마는 밤.

그들 사이에 휘감기는 고요.

김, 손뼉을 마주친다.

성　저기, 여기가 어딘지 알고 오셨습니까? 잘못 찾아오신 건 아닌지.

동생 입 닥쳐, 생각 없이 늙은이. 찾아올 곳에 찾아 왔을 뿐이야. 잘. 어? 잘못을 모르고 저지른다고? 잘못은 자기만을 위해 만들어낸 습관이야. 생각 없이 늙은이. 잘 생각해봐. 돌이킬 수 있는 건 어디까지일까.

김 어디까지일까요? 돌이킬 수 있는 게 있다면.

성 (혼잣말처럼) 오늘은 뭔가 내 작품 속에나 등장할 인물들이 한꺼번에 쏟아진 기가 막힌 밤이다. 이렇게 이야기가 흘러들어오다니. 감사합니다. 죽지만 않고 살아남는다면, 아니지, 내일 잠에서 깬다면, 아니지, 잠에서 깼을 때 이 모든 이야기들이 기억나야지.

동생 꿈 깨시지! 어이, 생각 없이 늙은이. 당신은 혼자 말한다고 믿지? 지나치게 잘 들려. (성을 본다) 당신은 비참함으로 끝을 맺을 거야. 잘.

성 나는 자네의 말에 흔들리지 않아. 적극적으로. 자네는 아무것도 아니거든. 그 무엇도 아니야. 잠시 검은 물이 가득한 세상을 건너온 불청객. 그 정도?

동생 악몽 속에 끼어든 살인마? 후회도 미련도 없는 인간? 그 생각, 언제까지 유효한지 보고 만다.

그들 사이에 휘감기는 고요.

동생 제가 불청객입니까?

성 그럼 달리 뭐라 표현하겠나. 죄의식이라고는 찾아볼 수 없고만.

그들 사이에 휘감기는 고요.

동생 나를 아냐고 묻습니다.

성 모르지. 내가 당신을 알아야 되나?

동생 그러니까. 거기, 나를 잘 알아요?

김 잘 안다고 할 수는 없지요.

동생 (성에게) 날 본 적 있어, 정말 없어?

성 기억에 없으니까, 없어.

동생 죄의식? 누굴 위한? 나를 위한?

성 죄 앞에서 인간이 가져야 하는 기본자세 아닌가?

김 인간이 가져야 하는 기본자세.

형 여기 잘못 찾아온 거 같은데.

동생 (형에게) 당신은, 당신은 반가워야 할 의무가 있다.

형 ….

동생 어디서 만난 것 같지 않아? 잘 봐. 잘.

그들 사이에 휘감기는 고요.

형 많이 늙었구나. 잘 몰라볼 뻔했다.

동생 잘 몰라보면 안 되지.

형 네가 이렇게나 말을 잘 했었나.

동생   오랫동안 허공에 대고 수만 번 되뇌었으니까. 잘 할 수밖에. 독방에서 벽을 마주하고 난 늘 말을 하지. 할 일이란 그것밖에 없어. 생각이 단단해져. 내가 벽이야. 형, 놀랍지 않아? 난, 짖기도 한다. 목소리를 키우기 위해서.

형   여기는 어떻게 알고 왔지?

동생   이제 좀 궁금해?

형   다시는 안 볼 줄 알았는데.

동생   그 생각이 나를 당겨온 거야. 네 생각 속에서 나를 잘 지워. 잘. 그래야 우리는 절대 다시 만날 일이 없어지는 거야, 형.

성   (번갈아본다) 이거 이거, 누가 형이고 누가 동생이신가.

그들 사이에 휘감기는 고요.

동생   항상 생각이 짧은 사람들은 본인이 문제의 핵심을 쥐고 있어도 몰라. 고무보트를 타고 여기 오면서 물에 비친 내 얼굴을 잘 봤지.

형   어땠는데?

동생   그날 말이야. 그날이 떠올랐어.

형   어떤 날? 네가 우리 모두의 시간을 삼켜버린 날 말이야?

동생   잘 들으세요. 잘. 그건 당신이 부각시키고 싶은 날이

고요. 모든 사건의 씨앗이자 본말은 각자 다르니까.

형 모자란 새끼. 악마가 씌워서, 부모 형제도 잘 몰라 보고.

동생 깔아뭉개지 마. 가장 잘 해낸 첫 번째면서 마지막 방어였어.

그들 사이에 휘감기는 고요.

성 일단 들어봅시다.

동생 악의적으로 왜곡된 삶. 그걸 바로잡을 필요가 있거든.

형 모자란 새끼. 넌 그게 문제야.

동생 넌 잘못을 덮기 위해 어리석었고, 부모를 속였고, 세상을 속였고. 그러다 내 손에 끝난 거야. 거짓말은 상대의 억울함을 폭발시키지. (소곤거린다) 누구나 죽는다. 죽으면 변명이 없어. 거짓말 지껄일 입이 사라지지. 그러니까 형, 잘 살았어야지. 어?

형 모자란 새끼. 무슨 말을 꺼내는 거야.

동생 무섭지 않아? 반성할 기회를 주겠다는데.

형 대체 너는.

동생 그날, 너는 내 무릎을 꿇게 했어. 기억나?

형 어떤 날?

동생 내 나이가 몇 살이었는지 알아? 열한 살. 그럼 넌 몇 살이었을까? 너는 열네 살. 그날부터 내 입과 손은

네 쾌락을 위한 도구였어.

형 무슨 말도 안 되는 소리를. 지금 이 새끼 너.

동생 철이 없었다고? 그렇게 말하고 싶겠지? 굴복당한 나는 지금 너처럼 유령이었을까? 니가 배출한 체액을 양손에 받고 서서, 두려웠지.

형 가족 모두를 몰살시킨 살인마 새끼가 여전히 상상 속에서 사는구나.

동생 이제 슬슬 왜 내가 끝을 냈는지 좀 이해가 돼?

형 이렇게 소소한 이유로, 네가 악마가 되었다고? 몰살을 선택했다는 사실을 믿을 수가 없는데.

동생 복수를 해, 형. 마땅하고 마땅하도다.

형 넌 독방에서 처절하게 미쳐가고 있구나. 불쌍한 새끼.

동생 죽는 순간, 무슨 생각을 했어? 무지 억울했겠지?

성 주객이 전도된 이 기분은 뭐지? 죄인 입이 지나치게 크다.

그들 사이에 휘감기는 고요.

동생 비밀이었다고? 집에 혼자 남겨진 어느 날, 네 반 친구가 찾아왔어. 형이 공책을 빌려갔는데 방안에 들어가서 찾아야 된다고 그러면서. 문을 닫더니 그 새끼, 제 바지를 내리더군. 너란 새끼는 정말. 공부만큼은 정말 잘하는 형이라는 개새끼. 너로부터 시작한 비극이지. 그런데 말이야. 네 말이라면 어리석은 부모는 덮어놓고 믿었지. 그게 또 그들의 끝이야. 본인들이 대충 보고 판단한 것.

성 이거 이거, 어떻게 해야 되나.

동생 당신은 잘 들어. 듣기만 하시라. 잘. 어?

형 그래서 네가 한 자리에서 모든 끝을 냈잖아. 우리를 산산 조각낸 건 너야, 원 없이 해냈잖아, 어? 업적이라면서? 시체수습조차 할 수 없을 만큼, 허공에 흩어졌어.

동생 거짓말이 더 나빠. 진실을 쥔 자, 피해를 호소하는 자의 입을 막은 것. 학습된 무기력에 빠져서 헤매며 사는 게 습관이 되고 억울함으로 하루하루 미쳐가는 거지. 그게 잘 보이겠어? 잘? 나는 아무 말도 할 수가 없었지. 왜? 나는 멍청하고, 소심하고, 왜소하고.

형이 자꾸 괴롭힌다고 말하면 두 젊은 부부는 나한테 그랬지. "네가 형을 귀찮게 하니까 그러지. 조용해, 형 공부하잖아. 귀찮게 하지 마" 한번 그물 속에 잡힌 물고기는 놓아줘도 자꾸 습관처럼 잡힌다고 하지. 기억해, 형? 성경책에 숨겨놓은 만원이 사라졌다고, 누가 훔쳐갔다고. 새벽 잠결에 내가 책상 앞에 앉아 있었다면서, 나를 가리켰어.

군대? 상습적으로 선임병 몇몇에게 당했지. 그럴 수 있다고? 사내새끼가 등신처럼 어디 가서 맞고 울지

마라? 길들여진 소심함, 기어들어가는 목소리, 약자
라는 덫에 갇혀서. 거기 갇혀 나는 속으로 개처럼 짖
고 운다. 형이 만든 덫이었어. 형, 그 시간을 감히, 안
다고 지껄이지 마. 제발 예의를 갖춰, 형.

그들 사이에 휘감기는 고요.

형   여기까지 쫓아온 이유가… 그래서?
동생 쫓아온 게 아니라니까. 당신들이 날 불렀다고.
김   두 분이 만난 지, 얼마나 되셨습니까?
형   20년 만이죠.
김   (동생에게) 절 만나신 적 있죠? 기억하십니까?
동생 그래요. 법정과 교도소에서 제 이야기를 받아 적으
       시던 기자님.
성   또 아는 사이? 자네가 이 소란을 좀 가라앉히게.

김, 참을 수없이 웃음이 터진다.
성, 놀랍지만 영문을 알 길 없다.

독수리의 두 눈에 빛이 반짝인다.

형   둘이 그런 인연이었습니까?
김   패륜범죄로 떠들썩했었기 때문에, 개인적으로 관심

이 많아서.

형 기자님이 이 비루한 살인자 새끼의 요설을 받아쓰셨다고요. 죽은 자는 말할 입이 없어요.

김 접근을 달리 한 겁니다. 맞아요. 죽은 자는 말할 입이 없죠. 모든 죽음은 억울하죠. 사람이 사람에게 가지는 적의는, 그러니까. 사람을 죽이고 싶은 살의가 생기는 지점. 그 이유가 마땅한가? 동생 분을 찾아가 만났고 답을 얻었다고 생각합니다.

형 왜 살인자의 생각이 궁금했을까요?

김 무수히 많은 생각들이 세상 속에서 돌고 있어요. 내 시각으로 보고 싶었어요. 관찰자의 눈. 매서운 눈으로. 죄가 드러났을 때의 태도, 죄의 방향성, 이후의 죄책감. 왜 죄 앞에 설 수밖에 없는가? 가장 가까운 사람을 죽이는 배경. 그때, 폭발 사건의 피해자가 다섯 명이었나요?

성 (받아쓴다) 희생자가 제법 많았고만. 미친 새끼.

형 저와, 아버지, 어머니, 그리고 바로 옆 집 사람들 두 명?

그들 사이에 휘감기는 고요.

성 후회하긴 했나? 되돌릴 수 없는 죄를 지은 건데.

동생 (성에게) 당신에게 내 죄를 판단할 권리가 있나. 당신이야말로 회한이라는 걸 느낀 적 없으신가?

성   당신처럼 파렴치한 살인자는 아니지.

동생   파렴치하다? (성에게 침을 뱉는다) 당신은 썩어 죽을 것
          이다.

성   이 미친 살인마 새끼가. 나가. 내 집에서 나가라고.
          (김에게) 이 악마 새끼는 내보내. 자네가 끌고 왔으니
          내 꿈에서 당장 내보내게.

김   제가요? 저들을 여기요? 왜요?

          그들 사이에 휘감기는 고요.

성   (얼굴을 감싸 쥔다) 자네, 왜 다 끌고 온 건가? 왜? 오늘
          밤, 가던 길을 돌려 왜 여기 내 집에 머무는 거지? 자
          네의 숨은 뜻이 뭔가. 나한테 왜 이러지?

김   왜 이렇게 흥분하십니까? 이들을 부른 건 제가 아니
          에요.

성   나라고? 왜?

김   기억해내셔야 합니다. 이들이 누구인지.

성   나는 모르는 사람들이야. 귀찮고 피곤해.

김   그렇군요. 당신은 모르는 사람들.

동생   우리를 여기까지 불러낸 늙은이가, 감히 귀찮고 피
          곤하시구나.

성   감히?

동생	감히.
성	이 새끼 내 손에 죽으라고 여기 내 공간에 들여보낸 건가? 죽여도 되나? 여기, 어차피 죽여도 날 원망할 사람 있어요? 이미 죽은 인간을 죽이거나, 죽을 인간을 죽이거나, 마찬가지 아닌가.
형	쓸모없는 인간일 뿐인데, 피를 묻히지 마시길 바랍니다.
동생	(성에게) 이제 내 끝은 당신 손에 달린 건가? 씨발. 그렇게 다들 합의를 보셨다 이겁니까?
형	선을 넘지 마라.
동생	날 불렀으니까, 형. 네가 끝내. 어때, 그래야 공평하지 않아?
형	형? 치 떨리는 새끼.
동생	(다정하게) 형. 치가 떨리세요?
형	비루한 새끼.
동생	너야말로 비루한 새끼지.
성	(남자에게) 그 총 좀 주게. 어서. 참으라고? 왜? 이 악몽 같은 밤은 내가 멈춰야지. 찍찍쨕쨕. 지겨운 새끼들.
동생	입 닥쳐. 생각 없이 늙은 새끼. 넌 기회를 노려야지.
형	작가님, 말려들지 마십시오.
성	이 밤의 고요를 허락 없이 감히, 깨뜨려? 누구 맘대로?
동생	허락할 테니까 당신은 이 밤을 잘 기록해. 당신만을 위해 우리가 잘하고 있잖아, 잘.

성   무슨 개소리야, 지금?

동생   당신은 썩어 죽을 것이다. 죽어서 썩는 게 아니라.

성, 사냥꾼이 독수리 옆에 놓고 간 총을 든다.
김, 소리 없이 손뼉을 마주친다.

김   (혼잣말처럼) 마주보는 순간, 그래 이거지. 공평하다.

형   작가님, 그러지 마시라니까.

동생   말리지 마, 형. 넌 그날 아버지한테도 그랬어. '말려
          들지 마세요. 그러지 마시라니까. 저 새끼, 그냥 그러
          는 거예요. 잘 받아주니까 부모 형제도 몰라보고 저
          지랄인 겁니다.' 이제 미래에 살아, 형. 이미 끝난 과
          거는 기억하지 말고.

형이 동생을 낚아채고 쓰러뜨린다.
아직 젊은 형과 이미 늙은 동생이 바닥에 뒹군다.

성   나가 이 새끼들아. 두고 볼 수가 없네. 언제까지 농락
          할래? 감히, 대단하지도 않은 것들이, 감히, 기대할
          것도 없는 것들이. 내 꿈속에 허락 없이 기어 들어와
          서는 역겨운 하소연만 늘어놓고. 뭐가 뭔지도 모르
          게 휘저어 버렸어. 누가 먼저 끝낼래? 누굴 먼저 끝
          내줄까?

탕! 허공에 대고 신호탄을 쏘는 성.

모두, 성의 분노에도 놀라지 않는다.

남자   당신, 후회할 거예요.

아내   되돌릴 수 없는 일은 만들지 말아요.

남자   '야만의 밤'이 드디어 완성되는 겁니까?

아내   자, 저를 본 적 있으세요?

성   이제 단체로 개소리들이야?

남자, 개처럼 바닥에 엎드려 짖는다.

성   가만, 그래봐야 내 꿈이잖아. 깨면 그만이지. 썸? 나
와서 날 물어. 아니지. 응징하고 간다. 어차피 악몽은
내가 깨야 끝나. 손들어. 한 명씩 보내줄 거니까. 당
신들은 겪어야하는 불행을 겪었을 뿐이야. 어느 누
구도 탓하지 마라. '네 탓이다. 네 탓이다. 네 탓이다',
당신들의 침입, 허락 없이, 그거지. 이미 죽은 것들을
다시 죽여 봤자, 이런 쓰레기들은 귀찮기만 하지. 아
무 쓸모도 없는 밤, 내 아까운 시간에 대한 대가는?

아내   대가. 꼭 지불할 필요가 있죠.

김   (혼잣말처럼) '가장 가까이에서 파멸의 씨앗은 자란다.'

남자는 바닥을 기어 다니며 개처럼 짖고

성, 뒹구는 형과 동생을 향해 쏜다.

탕! 탕!

형과 동생은 쓰러지고 고통에 떤다.

실은, 소리만 큰 무대소품용 총이다.

김, 웃음이 터지고 일어서서 박수를 친다.

김　　'살아있는 자는 축축한 밤의 감촉을 느낀다.
　　　　피로 물든 밤에는 피의 흔적이 남고
　　　　이를 밤이 덮어주기도 한다'

모두, 멈춰서 김을 가만히 바라본다.
멀리, 독수리의 두 눈의 빛이 꺼진다.

그들은 누구인가.

어디서 오는가.

4. 여기, 야만의 밤에

여기, 여전히 성의 거실이다.

형과 동생은 피를 흘리고 바닥에 누워있다.
성은 꿈이 아닐 수도 있다는 사실에 혼란스럽다.

아내, 남자, 김이 의자에 나란히 앉아 있다.

그렇지, 두서없는 꿈이었지, 성은 생각한다.
공포에 싸여 종종 걸음으로 거실을 돌아다닌다.

성　　(머리를 감싼다) 김기자. 뭐야, 이거.

김　　꿈이겠지요?

성　　당신, 죽은 거지? 죽었다면서?

김　　그렇다면 곧 사라질 겁니다.

성　　이거 이거, 계속 진행하잖아. 뭔가 저들의 이야기에
　　　　두서와 맥락이 있어, 지금.

김　　어둠이 오면 거기 잠시 멈췄다가 또 흘러가면 되지요.

성　　저들은 왜 피를 흘리고 누워 있나?

김　　실체적 죽음이란 저런 거 아닙니까. 어떠십니까?

성　　미쳐버리겠네.

김	누구나 그런 순간이 있지요. 저들도 그랬을 겁니다.
성	내가 쏜 게 맞나? 맞아?
김	당기셨고 쏘셨습니다.
성	꿈일 거야. 그렇지? 꿈일 거야.
김	모든 불행은 '꿈일 거야'를 수만 번쯤 반복하게 하지요.
성	자네가 씨발. 내 혼란 속에서 기웃거리지 말게.
김	왜, 제가 방문해서 뭔가 엉키신 것 같습니까?
성	나는 좋은 뜻으로 자네를 맞이했어. 자네의 마지막 밤이니까.
김	그래서요?
성	나한테 왜 이러나.
김	저, 저 말입니까? 영원히 풀 수도 없는 매듭을 만든 건 누구였을까요?
성	끔찍한 소리를 당당하게도 하는고만.
김	남의 불행 속에서 기웃거리지 말라.

그들 사이에 휘감기는 고요.

성	억울해서? 아직 나만 살아있고. 이렇게 불안을 심어주러 온 건가?
김	검은 밤에 당신에게 불안을 심어주러 우리가 여기 온 거군요.

성   이거 폭력이야. 살아있는 게 죄는 아니잖아.

김   그 착각, 그 집착에서 이제 그만 내려오세요.

성   (속삭인다) 저 자들처럼 두 번 죽을 수도 있어.
다행히도 고통스럽진 않겠지. 죽이고 싶은 내 의지
는 느끼겠지만.

김, 가만히 성을 바라본다.

김   여기, 저는 누굽니까?

성   자네가 자네지.

김   누굴까요?

성   내 책에 대한 리뷰를 여러 번 써서 실었던 기자.

김   저들은요?

성   (그들이 들리지 않게) 자네가 끌고 온 저 미친 것들. 이미
죽은 것들. 내가 더 알아야 하나? 왜지?

김   더, 다 알아야 합니다.

성   이거 이거, 억지야, 자네. 넘어서고 있어. 여긴 내 공
간이고. 허락 없이 침범하는 건 범죄야. 그 정도는 알
지 않나.

김   허락 없이 침범하는 건 범죄다. 그렇죠. 범죄죠. 보
이는 걸 침범하나, 보이지 않는 걸 침범하나, 마찬
가지죠.

성   그렇지. 자네는 말이 통해요, 말이.

김 아무도 모르는 이 밤에, 무슨 일이 일어나든지 간에. 없었던 일이 아니죠. 그 정도는 알아야 하지요. (그들에게) 안 그렇습니까?

김이 손뼉을 마주치자
형과 동생이 일어나서 의자에 앉는다.
성, 쓰러지듯이 바닥에 주저앉는다.

김 (탁자에 놓인 꼬냑을 흔든다) 한 잔 하실까요?
성 한 잔 줘. 줘 봐요. 취해서 자야겠네.
김 이 귀한 술은 누가 준 거죠?
성 그게, 누구였냐고? 우리가 꼭 알아야 하나? 술은 생각을 비우고 마셔야지. 생각을 많이 얹어 마시면 병 들어.

그들 사이에 휘감기는 고요.

김 (술병을 들어 본다) 누군가, 원하는 걸 얻기 위해 가져 왔겠죠. 결과적으로는. 모든 것에 끝이 있다. 이 병도 비워질 겁니다.
성 (소파에 비스듬히 눕는다) 노곤해. 이 늙은 몸을 끌고, 살기 위해 서바이벌 게임을 치른 것 같아.
김 그래서, 오늘 밤은.

성   뭐?

김   승리하셨습니까?

성   저들이 감쪽같이 사라지면, 자네한테만 말하겠네.

김   낯선 인물들이 침입해서 흐트러뜨린 당신의 밤이
      니까.

성   길고, 어둡고 무겁고 그러한 밤. 깨면 사라져야지.
      혹시나 잠들면, 인사도 없이, 잘 가게.

      김, 꼬냑의 뚜껑을 연다.
      성, 소파에서 일어나 기대어 앉는다.
      여섯 개의 잔에 조금씩 따른다.

성   (자신의 양손을 돌려본다) 이거 이거, 자네 손에는 열리는
      구만.

김   (꼬냑을 들어 올려 따른다) 이건 라센 꼬냑 바이킹 쉽 시
      리즈죠. 이 배는 오래된 정복자들의 상징이고, 50년
      이 넘은 술이에요.

성   그런가. 자네 많이, 잘 알고 있네. 꼬냑, 깊고 좋은 향
      이 나는 술이지. 얼마나 될까? 50년 넘은 술의 가치
      가. 여기 우리 집에서만 근 10년은 묵었을걸.

김   이 한잔을 마시려고 검은 물길을 열어 검은 고무배
      를 타고 여기 이 사람들이 온 거죠.

성   한잔들 드시고 가던 길 가시오.

남자   서로에게 못 잊을 밤입니다.

성   갈 때도 저 배를 타고 갈 건가.

김   아마도.

그들 사이에 휘감기는 고요.

점점 성은 졸리고 피곤하고 늘어질 것이다.

아내   작가님. 잠들면 안 돼요.

성   누구신지?

아내   절 아세요? 어디서 만났을까요?

성   알지, 이제는 좀 알지. 군인들이 쳐들어왔고, 빵! 남
편을 잃었지.

아내   그리고요?

성   라면. 김치.

아내   그렇죠. 그래서요?

성   어차피 내일 일어나면 기억 못해요.

아내   과연, 그럴까요? 오늘 밤을 세상이 기록할 수도 있
어요.

성   이 기묘하고 괴상한 꿈을?

남자   작가님. 과거가 기억이나 수습을 위해서만 있습니까?

성   과거가 지금 와서 무슨 수습이 되겠나.

그들 사이에 휘감기는 고요.

형   오늘, 모르는 걸 많이 알게 된 밤입니다. 그렇지?

동생 여기 잘 온 것 같아, 형?

김   어떤 의미에서요?

형   절대적으로 묻어두고 싶은 것들, 봉인되어야 할 것들에 대해서.

동생 누군가의 불행을 허락 없이 꺼내는 것에 대해서. 기억나? 난 그냥 물을 좀 올려달라고 전화를 했을 뿐이야. 예의를 갖추고 그랬지. "5분 뒤에 돌아올 거니까, 커피 물을 끓여주세요"

형   그리고 우리는 영원히 '평' 사라진 거지. 그러니까, 전혀 너와는 상관없다 주장하는 거지. 여전히.

동생 우연이란 그런 거야. 결과를 보고 원인을 살피면 연결되지 않는 건 없어. 내가 증오를 품었다고 한꺼번에 당신들이 죽을 수는 없어.

형   네가 가스밸브를 열고 나갔겠지. 그리고 적당한 때에 전화를 했어.

동생 적당한 때? 라이터를 켠 사람이 누구였어? 없었어, 정말? 잘 생각해 봐. 잘. 나는 살아남은 것에 대한 죄의식만 있는 거야.

형   비루한 새끼, 변명은.

성   징그럽게 왜 이러지? 아직 안 끝났나? 당신들은 각자 마주한 불행을 피하지 못한 것뿐이지.

남자 그래서, 스스로를 탓하라?

동생 양 주먹을 세게 쥔다는 것, 쥐게 만드는 것은 우연이 아니야. 생각 없이 늙은이는 여전히 편한 세상에 가 계시는구나.

성 당신들의 잘잘못에 개입하고 싶지 않아요. 나와 무슨 상관이지?

동생 우리가 저 검은 물길을 열고 여기 왜 왔다고 생각하시는가?

아내 우연일까요? 여기 우리가?

남자 여전히 헤매시네요.

성은 총을 또 찾아든다.

성 나는 나를 보호할 권리가 있어. 여긴 내 공간이야.

형 전적으로 동의하는 바입니다.

성 (총 밑바닥을 툭툭 친다) 난데없이 궁지에 몰리면 방어밖에 더 있나?

동생 잘 방어하세요, 잘.

남자 어떻게 마무리 되려고 이러죠?

아내 이런 끝은 옳지 않아요.

성 잘못 찾아온 거면 이쯤에서 다들 나가.

동생 생각 없이 늙은이. 여전히, 저 어둠이 당신의 수치스런 이 순간을 덮고 가길 바라겠지?

성은 천정을 향해 총을 쏘고 주저앉는다.

그들 사이에 휘감기는 고요.

김   그가 알길 바라는 오늘, 우리의 죄일까요?
동생   가장 마지막까지도 스스로 깨닫지 못하는, 생각 없
       이 늙은이.
형   본인의 선택이고, 조용히 도발하는 게 네 버릇이고
       선택이듯이.
동생   놀리지 마라. 그 순간 끝은 정해지는 거니까.
형   비루한 새끼, 또 시작이다.
성   일관성 하나 없는 꿈이니까 그렇겠지만, (형과 동생을
       번갈아본다) 아직 안 끝나셨나? 괜찮아요?
형   총을 맞고 나니, 현실인식이랄까. 아주 괜찮습니다.
동생   (총소리처럼 딱딱, 입천장에 혀를 부딪는다) ….
김   쏜 자가 주의성이 부족한 거지요. 어차피 소품용 총
       인데.
성   무슨 말인가?
남자   이쯤에서 깨워드리는 게 어떨까요?
아내   스스로 깰 생각이 없는데, 어떡하죠?

그들 사이에 휘감기는 고요.

형	우리를 끌어들인 건 당신입니다. 다시는 마주하고 싶지 않은 고통을 왜 재생시킨 거죠?
동생	남의 불행을 주워 모으는 모양이지. 겁도 없이, 늙은 이가.
아내	투명한 수레바퀴 위에서 제자리로 돌아왔어요. 아세요?
성	제가 알아야 합니까?
남자	오늘 주인공이시니까.

모두 일어서서 깍듯이 인사한다.

아내	제가 그의 아내든 아니든.
형	내가 패륜의 희생된 형이든 아니든.
남자	제가 세상의 편견에 발가벗겨졌든 아니든.
동생	(딱딱, 입천장에 혀를 부딪는다) ….
형	까발려서는 안 되는 마지막 존엄성.
남자	발가벗겨져서 전시된 수치감. 제 불행의 기록이 지워지길 바랍니다.
아내	죽은 자와 그들 곁에 살아남은 자의 권리지요.
형	작가님, 죽는다는 건 수치스러운 일입니다.
남자	가장 비참하고 비루한 얼굴을 누군가에게 발견되는 일이죠.
형	죄처럼 몰려와서 내 목을 조르는 것 같은.

동생   (딱딱, 입천장에 혀를 부딪는다) ….

성   술맛 떨어지게 왜 이래.

동생   잘 생각해 봐. 술맛이 아니라 살맛이 떨어져야지.

그들 사이에 휘감기는 고요.

성, 장총을 바닥에 끌면서 사각형을 그린다.

그 안에 들어가서 그들 바깥으로 갇힌다.

동생이 창살을 건드리듯이

보이지 않는 사각형 주위를 돈다.

성, 우리 안에서 겁먹은 짐승이 되어간다.

동생   스스로 갇히는고만. 생각 없이 늙은이가.

성   이거 이거, 점점 맨 끝자리에 세우고 밀지 마시오.

김   누가 누구를요?

성   당신들과 함께 할 수는 없어요. 다들 잘 알지 않나?

동생   (딱딱 입천장에 혀를 부딪는다) … 잘.

성   그만. 그 소리, 거슬리게.

동생   아름다운 밤. 잘 물고 물리는 관계. 잘.

성   '펑' 다 날려버리기 전에 닫아.

동생   늙은이, 달아나. 저기 검은 배를 타고. 우리를 끌고
온 물길을 되돌려서.

동생, 성의 귀에 바짝 대고 딱딱 소리를 낸다.

김, 손뼉을 마주치면 김은 멈춘다.

김 이 꼬냑의 주인은 접니다. 제가 10년 전쯤에 가지고
왔었죠.

성 그랬었나? 우리가 꽤 자주 어울리던 때가 있었지.

그들 사이에 휘감기는 고요

김 그날 술에 취해, 꼬냑과 함께 아주 중요한 걸 여기
흘리고 갔습니다.

성 흘리고 갔다고?

김 그걸 이들에게 돌려주기 위해 함께 온 겁니다.

성 뭘?

김 정말 이들을 모른다고요? 그럴 리가요.

그들이 한 쪽 발을 구르면서

시위를 하듯이 말하면 성은 멈칫할 것이다.

형 당신은 불길하고 피범벅 된 우리들의 마지막 기록
을 주웠고, 당신은 파렴치하게도 되돌려주지 않았
습니다.

동생 파렴치하게 늙은이가, 허락 없이 무슨 짓을 한지 알

리가 없지.

남자 고요 속에 묻어둬야 할 우리들을 허락 없이 꺼냈어요.

아내 맞아요. 허락 없이 누군가의 진실을 침범하는 것은 범죄죠.

형 방어할 권리가 우리에게는 있지.

동생 기회를 줄게. 몇 초가 필요해? 늙은이, 잘 생각해 봐요, 잘.

아내 꿈이라고요? 정말요? 증명하세요, 당신이. 꿈인지 아닌지.

형 작가님, 우리가 '야만의 밤'을 위해 태어나고 죽었을 까요?

성 무슨 말이지? 내 작품이 왜?

아내 왜 우리의 이야기가 당신 작품 속에 도용되어 있죠?

남자 그러니까, 우리를 알아보셔야 되는데.

동생 그리고 잘 아셔야 돼, 잘. 당신이 우리의 끝을.

성 당신들이 내 상상 속에서 자라난 그 실체들이라고? 미쳤구만. 제 눈앞에서 남편이 총 맞아 죽은 과부, 남자끼리 사랑을 부르짖는 몰염치한 놈, 핏줄끼리 잘 잘못을 따지다 죽고 죽인 패륜형제, 비정상적이고 비인간적으로 죽고 죽인 것들이 우루루 나타나서 이거 뭐하는 짓이지? 지금 나를 도둑으로 몰겠다고?

아내 우리의 끝, 불행의 뒷모습을 훔쳐간 자.

그들 사이에 휘감기는 고요.

김 제가 그날 밤 술에 취한 게 첫 번째 잘못이고. 여기 이분들의 불행이 기록된 수첩을 흘리고 간 게 두 번째, 내 수첩을 숨긴 당신의 거짓을 순진하게 믿은 것이 세 번째.

성 무슨 얘기지? 수첩? 자네가 흘리고 간? 지금 뭐라는 거야.

그들 사이에 휘감기는 고요.

김 문제는 이후에 생겼습니다. '야만의 밤'.
성 내가 쓴 '야만의 밤'이 왜?
김 여기 오신 분들이 더 잘 알고 있으시겠죠. 자신들의 삶이니까.
성 이 밤의 무례함을 무엇으로 갚으려고 이러나? 지금 관 뚜껑 닫기 전이라 뵈는 거 없다. 이거야?

그들 사이에 휘감기는 고요.

김 당신은 놓고 간 수첩을 숨겼고 돌려주지 않았습니다. 그게 지울 수 없는 실체적 진실이지요.
성 모욕이야, 이거. 이따위 사람도 아닌 것들을 끌고 와서.

김 당시 이들의 주변을 찾아가서 다시 녹음하고 녹취록을 만들었고, (수첩을 내보인다) 이 수첩에 꼼꼼하게 기록을 했습니다.

성, 총을 들고 이리저리 쏠린다.
겁 없이, 성 가까이 바짝 다가드는 그들.

성 (눈을 꼭 감고) 돌아가. 가. 꺼지라고. 내가 눈을 감고 자면 물러가겠나.
사람 같지도 않은 것들을 사람대접 해주면 끝이 이렇게 허무해.

김, 눈을 꼭 감고 버티는 성의 얼굴에 꼬냑을 들이붓는다.
당황해서 눈을 꼭 감고 뜨지 않는 성.

형 내가 죽어서 당신 앞에 섰든 아니든.
아내 죽은 남자의 아내가 여기 나든 아니든.
남자 매달려 죽은 남자가 여기 나든 아니든.
동생 불을 질러 모두를 죽인 자가 여기 나든 아니든.
김 달라질 건 없다는 겁니다. 이들이 겪었을 '야만의 밤' 틈을 열어 제치고 여기저기 헤집고 기웃거리면서, 속으로는 희희낙락 거렸을 그 순간의 당신은 사라지지 않지요. 죽은 이들을 사냥하고 박제한 건 당신입니다.

성   막무가내로 밀지 말게.

아내   한마디로, 우리는 당신의 도구가 된 거지요.

형   결과적으로.

그들 사이에 휘감기는 고요.

김   '살아있는 자는 축축한 밤의 감촉을 느낀다.
        피로 물든 밤에는 피의 흔적이 남고
        이를 밤이 덮어주기도 한다'

김이 두 손을 두 번 마주치면, 형의 목소리가 흘러나온다.

목소리 성작가님이시죠? 김기자가 지병으로 떠났습니다. 이틀 뒤면 발인입니다. 전해드려야 할 것 같아서….

김이 두 손을 높이 들어 두 번 마주치면.

당황해서 어쩔 줄 몰라 하는 성의 발밑으로
독수리의 두 눈이 기록한 이 밤이 흘러나온다.

(성이 총을 쏘고 형과 동생이 쓰러지는 장면에서 끝이 나는)

김   당신이 쏜 총에 누군가 죽었든 살았든 세상은 관심
      없어요. 실시간으로 기록된 오늘 밤이 전 세계에 이
      미 퍼져 나갔습니다. 이 순간이야말로 당신에게는
      '야만의 밤', 잊지 못할 밤이겠군요.

      그들은 일제히 성을 향해 허리를 숙여 인사하고 손뼉을 친다.

      〈끝에〉

      어둠 속, 베란다 창이 열려있고
      총을 든 성은 검은 물길 위 검은 고무배 위에 오른다.

      그는 누구인가.

      어디로 가는가.

      끝,

한국 희곡 명작선 177

밤사냥

초판 1쇄 인쇄일   2024년 10월 16일
초판 1쇄 발행일   2024년 10월 25일

지 은 이   정영욱
만 든 이   이정옥
만 든 곳   평민사
          서울시 은평구 수색로 340 〈202호〉
          전화 : 02) 375-8571 / 팩스 : 02) 375-8573
          http://blog.naver.com/pyung1976
          이메일   pyung1976@naver.com
등록번호   25100-2015-000102호
ISBN   978-89-7115-862-3   04800
          978-89-7115-663-6   (set)
정   가   8,500원

이 책은 사단법인 한국극작가협회가 한국문화예술위원회의
2024년 제7차 대한민국 극작엑스포 지원금을 받아 출간하였습니다.